SHANGHAI LITERATURE & ART PUBLISHING GROUP

故事会
精品系列

故事会

口才故事

I0517187

上海锦绣文章出版社
上海故事会文化传媒有限公司

上海文艺出版（集团）有限公司

图书在版编目（CIP）数据

口才故事 《故事会》编辑部编 － 上海：上海锦绣文章出版社
（故事会精品系列） ISBN 978-7-5321-1802-1
Ⅰ．①口…Ⅱ．①故…Ⅲ．①故事 作品集 中国 当代 Ⅳ．I247.8
中国版本图书馆 CIP 数据核字（2001）第 022034 号

丛 书 名：故事会精品系列

书 名：口才故事

主 编：何承伟

编 委：何承伟 吴 伦 姚自豪 夏一鸣

责任编辑：刘迎曦 鲍 放

装帧设计：王 伟

责任督印：张 凯

出 版： 上海锦绣文章出版社

 上海故事会文化传媒有限公司

POD 海外发行： 中国图书进出口上海公司

 电话：021－36357888

 传真：021－36357896

 地址：上海市虹口区广中路 88 号

 邮编：200083

目　录

巧言

善辩

巧　　言

在一切使人喜悦的艺术中,说话的艺术占第一位,只有通过它才能使被习惯钝化的感官获得新的乐趣。

皇上老头子

　　有一天，纪晓岚和几位同僚在军机处办公，当时正是三伏天，纪晓岚怕热，脱了上衣，挥汗审稿。

　　就在这时，忽听有人来报："皇上驾到！"他来不及穿衣，只好躲到床底下。

　　过了一会儿，他没听见有人说话，便伸出头来问道："老头子走了吧？"

　　哪知乾隆未走，听见纪晓岚叫他老头子，斥道："纪昀无礼，因何叫朕老头子？"

　　纪晓岚一点也不惊慌，从容答道："万岁为'老'；皇上是一国元首，首即'头'也；皇上乃是天'子'，合起来不正是'老头子'吗？"

　　乾隆听了哈哈大笑，不但没责罚他，反而给予赏赐。

鸡蛋是水果

有一次,乾隆下江南时途经常州天宇寺,便前往寺内进香。

年已古稀的老方丈急忙率领全寺僧众迎接。仪式完毕之后,乾隆忽然心生一念,他想试探一下,和尚们是听从圣旨,还是遵守佛门的清规戒律。于是,便命手下人拿来很多鸡蛋,赐给方丈和其他和尚,命他们作诗一首吃下鸡蛋。

乾隆此举把和尚们惊呆了,他们惊慌失措地把目光集中在老方丈身上。只见老方丈微微一笑,手捧鸡蛋,不慌不忙地吟道:

> 皇上赐我一个桃,既无核来又无毛;老僧带你西天去,免在阳间受一刀!

吟完,他便把鸡蛋吃了。

乾隆本想用鸡蛋是荤食还是素食难以分说这一点难住老方丈,而老方丈却巧妙地把鸡蛋说成是有生命的素食水果,化解了乾隆的这一难题。

据说,从此天宇寺的和尚就吃鸡蛋了。

请先生先对

古时候，有个老秀才自以为才高学广，总爱出对联难人。有一天，他在山海关大门上书了一联：

开关早，关关迟，放过客过关；

写完，他得意地说："谁能对上，奖以重赏。"消息传出，远近名士都来观看，可是几天过去了，竟无一人对得出，老秀才更加得意洋洋。

这时，有个小书生经过这里，看见不少人在围着对联议论，问道："这是谁出的上联？"

身旁一青年说："瞧，就是那位昂首捋须的长者。"

小书生听了，便跑到老秀才跟前，说："我能对。"

老秀才不屑地说："你真能对吗？那就试试呗！"

小书生高声诵道：

> 出对易，对对难，请先生先对。

大伙一听，这联对得很妙，便七嘴八舌地对老秀才说："请先生先对！""请先生先对！"

老秀才一时不知所措，在众人催促之下，只得说出了实话："我、我、我只想出了上联，怎么也对不出下联来……"

在众人的笑声中，老秀才涨红了脸，溜走了。

童子难学政

相传,清代文学家李调元在广东当学政时,一次,有一个傅姓童子事先在他经过的路上,用三块石头垒成一座石桥,以作对试探李调元的学问。

李调元的轿子来到时,轿夫见石头拦路,一脚把它踢开,童子便上前拉住轿夫,争执起来,李调元只好下轿调解。

童子说:"听说李相公善于作对,小人有一上联请相公来对。"接着念道:

踢破磊桥三块石;

上联这一拆字对可难住了李调元,他想了好一阵,对不上来，只好约定明天应对。

回到家，妻子见丈夫郁郁不乐，问是什么缘故。李调元把路上遇到的事说了，妻子听后，立刻给他对出了下联：

剪开出字两重山。

第二天，李调元向童子说了这一下联。

童子听了大笑，说："此联好像出于妇人之口。"

李调元惊问："为什么呢?"

童子说："男子汉气度大，当然用'劈'、'砍'等字；妇女不出闺门，常使针线、剪刀等，出口便用纤细轻巧的'剪'字。"

李调元听了，不禁脸红起来。

闻鼓出巧语

　　清代文人闵鄂元自幼喜欢作诗属对,常常是出口成章、闭口成对。

　　有一年元宵节,他随父乘船到毛尚书家做客,父子两人在路上你一言、我一语连起句来。说话间,迎面驶来一只运载石头的大船,父亲略一沉思,出了一对:

　　　船载石头,石重船轻,轻载重;

　　小鄂元一时找不出合适的答联,急得抓耳挠腮。

　　这时,父亲向岸边一指,鄂元看见有几个老农正在丈量土地,高兴地拍了一下手,大声诵道:

丈量地面,地长丈短,短量长。

父亲听了自然高兴,对鹗元说:"属对尤忌空思,应善即兴成句。"

小鹗元点点头,铭记心里。

不大一会,父子两人来到毛尚书家。适逢那夜乌云遮月,毛尚书命家人张灯结彩,敲锣打鼓,又请陪客的幕僚出联属对,以助雅兴。席间,你出一联,我答一联,好不快活。

这时,毛尚书提议以元宵夜为题属对。大家略一沉思,一幕僚望着辉煌的灯火说道:

元宵不见月,点几盏灯为河山生色;

满座的高官名士听后,谁也答不上来。大家正在苦思冥想的时候,闵鹗元听到鼓声阵阵,于是上前高声对道:

惊蛰未闻雷,击数声鼓代天地宣威。

满座宾客一齐叫好。

毛尚书赞叹地说:"这真是有志不在年高,有才不在老少啊!"

此句是下联

　　明代著名画家唐伯虎自幼机敏活泼,勤奋好学,不仅熟读"四书五经",而且掌握了作诗属对的技巧,当年在家乡吴县已有些名气。

　　一次,客人来访,父亲拿出甜瓜和炒豆招待,他侍立一旁。来客见他年幼乖巧,很是喜欢,便想出联试他才学。来客出一联,唐伯虎答一联,从五言到七言,九言到十一言等,都能对答如流。

　　半晌过去了,客人想到的对联已全部拿出来了,也难不住唐伯虎。这时,他父亲见朋友脸有窘色,马上解围道:"虎儿,让叔叔休息片刻,快让叔叔吃个甜瓜润润嗓子!"

　　来客接过唐伯虎递上的甜瓜,笑着说:

甜瓜切破，分成两片玉玻璃。

聪明的唐伯虎立刻想到客人的这句即兴联按平仄来看是下联，那当然要找句合适的上联才行。他眼神一扫，看见了桌上的炒豆，高兴地对道：

炒豆捻开，抛下一双金龟甲。

客人和父亲听后，一齐拍手称妙。

春联惊皇上

有一年春节前夕,乾隆出朝私访。他走到一个小村子里,见一户贫寒人家的门上贴着一副口气很大的对联。这副对联是:

　　数一数二门第,惊天惊地人家。

横批是:

　　先斩后奏。

乾隆想:这副对联的主人胆子真大! 他回到宫里,让人去查是谁敢出此狂言。很快查出来,是出自一个十岁孩童之手。

乾隆感到惊奇，便叫这孩子来讯问。

这个孩子被带到皇帝面前。乾隆见小孩长得眉清目秀，十分机灵，就问他："你为什么要写这样的对子呀？你犯了王法，知道吗？"

小孩眨眨眼睛，从容地说："我这春联写的是我家的事儿。上联是写我大哥，他是个在集市上量斗过秤的，当然要'数一数二'了；我二哥是个为婚丧事放炮的，这炮引一点，当然要'惊天惊地'，这是下联。再说横批，那是说的我三哥，他是个杀猪的，写他宰刀一握，'先斩后奏'，这怎么是犯了王法呢？"

乾隆听了很高兴，赶忙下旨，让人送他去县学读书。

巧对小尼诗

　　清朝才子王尔烈小时候家中贫穷，念完四年书就到千山龙泉寺去干活，但他一有空儿就向有学问的和尚请教诗文。

　　有一天，元空方丈带领小和尚们划船游湖。当船划到大安寺时，寺中有一个小尼姑在湖边打水，她见小和尚撑船，影子映到湖水里，船篙正好打在他们的影子上，于是微微一笑，说出一句：

　　　　和尚撑船，篙打湖心罗汉；

　　此联出得很形象，船上的小和尚们听了，没有人能对上来。

　　就在他们羞得脸都红了的时候，王尔烈却不慌不忙地瞅瞅

小尼姑打水的样子,一句下联随口而出:

尼姑汲水,绳系潭底观音。

这句下联,对得形象确切,解了大家的围。

元空方丈见王尔烈这么有才气,就正式收他为学生,精心培养指导。

后来王尔烈成了皇上的老师。

一言解众愁

北宋文学家王禹偁七八岁时，已能属文。

毕文简为郡从事，闻知他的才名，又听说他家以磨面为生，就叫他以"磨"为题作副对联。

王禹偁不假思索，随口吟道：

但取心中正；
无愁眼下迟。

毕文简暗暗称奇，便留他给官家子弟讲学。那些官家子弟见他出身贫寒，很不以为然。

有一天，毕文简宴请宾客，在席上出一联让众人答对：

鹦鹉能言难似凤;

在座宾客个个自命清高,自居为凤,此时却鸦雀无声,无人应对。

毕文简便把上联写在屏间,催促众人快对,众客依然一筹莫展。

王禹偁看到这种情景,当即挥毫书下联:

蜘蛛虽巧不如蚕。

毕文简惊叹:"经纶之才也!"于是,赐给他衣冠,称他为"小友"。

王彝对来客

　　元末明初的文学家王彝,出身贫苦,自幼敏慧,善于答句属对。当时有一位私塾先生,自恃不凡,亲临王家"做客",心想试探一下王彝。

　　万没料到,这位私塾先生连续出了短联、长联以及嵌字对联,都难不住王彝。最后,他不得不拿出自己的王牌——谐音对联来了:

　　　　天上星,地下薪,人中心,字义各别;

　　联中的"星"、"薪"、"心",音谐义别,答联也必须如此,才符合要求。

这时,来客坐在太师椅上,脸上露出得意的神情,心想:这位神童的桂冠在我面前该摘掉了吧?

正当他得意的时候,王羲眼睛眨了几眨,突然看见天空大雁飞来,房前小燕翔起,于是张口对道:

> 云间雁,檐前燕,篱边鹦,物类相同。

联中,不仅"雁"、"燕"、"鹦"音谐义近,同上联恰恰成对,而且"间"、"前"、"边"也同这三种飞禽谐音,显然比上联高出一筹。这位来客听了,不禁倒吸一口凉气。

以后,两人成了至交,传为佳话。

施槃对都宪

　　施槃是明朝江苏吴县有名的才子,他自幼家贫,就一面干活,一面读书,没几年就在乡里出了名。后来,众乡亲推举了一位长者,带着施槃来到张都宪府邸,恳求在张府私塾就学。

　　张都宪酷爱人才,他把施槃上下打量了一番,露出了几分笑意,说:"只要是可雕之木,老夫均收不拒,但不知施童是草本木本?"

　　张都宪话音刚落,聪颖过人的小施槃心领神会,于是有礼貌地向前作揖道:"愿请老爷面试孩儿!"

　　都宪见此情景,心中更加喜爱,说:"今天是三月初六,你看天上的月亮像什么?"

　　施槃答道:"弓。"

张都宪自言自语道：

> 新月如弓，残月如弓，上弦弓，下弦弓；

施槃随即意识到都宪是在让他对下联，心想：老爷以傍晚为题，那我应以早晨相对才是。于是，他对出了下联：

> 朝霞似锦，暮霞似锦，东川锦，西川锦。

张都宪一听大喜，立即让他免费进了自己的家塾读书。

大饼是乾坤

清代的文学家、思想家魏源,刚满九岁就参加县里的童子试。临考前,私塾先生不放心,便出一拆字对相试:

　　閒(闲)看门中月;

魏源看了一下墙上挂着的一幅"春耕图",便对出了下联:

　　思耕心上田。

先生激动地说:"好,好,好啊! 这下我放心了。"

头一天考试,县令照例前来观阵。唱名时,他见魏源眉清目

秀,十分可爱,但不知才华如何,便指着自己茶杯上的太极图对
他说:

　　杯中含太极;

当时,魏源怀中正揣着两张大饼,用手摸摸胸口,笑道:

　　腹内孕乾坤。

县令听了觉得奇怪,就问:"何谓乾坤?"

魏源说:"天地谓乾坤。我怀中揣着的两张大饼,难道不是
'乾'和'坤'吗?"

策马入长安

清末"百日维新"运动领袖之一、近代资产阶级改良主义者梁启超,自幼才思敏捷,善于诗对,素有"神童"之称。

梁启超十岁那年,随父亲到新会城应"童子试",在父亲的朋友李兆镜秀才家做客。

一天早晨,梁启超步出庭院,见庭中杏花盛开,随手摘了一枝。刚好父亲和李秀才出来,他怕父亲责备,即把杏花藏于袖中,但仍被父亲看见了。

父亲出联要他对,说如果对不出则要处罚。其联曰:

袖里笼花,小子暗藏春色;

梁启超一抬头,看见厅堂里挂着一块镜子,灵机一动,便答道:

堂前悬镜,大人明察秋毫。

李兆镜在旁也出一联考他:

推车出小陌;

梁启超马上答出:

策马入长安。

李兆镜一听赞不绝口,父亲也微嗔地点点头。

明王明不明

传说朱元璋登基后,曾到浙江微服察访。

一天,他来到多宝寺进香。进殿以后,见香烟缭绕,鼓钹齐鸣,一时兴至,脱口吟道:

> 寺名多宝,有许多多宝如来;

房边一个衣着破旧的老秀才听了,昂首拈须,接着吟道:

> 国号大明,更无大大明皇帝!

朱元璋一听,非常开心,他不仅赞赏老秀才的才思敏捷,更主要是因为老秀才把皇帝比着如来,降福于民。

游罢多宝寺,朱元璋肚子有点饿了,便到路旁小酒店就餐。他见店里没什么东西可吃,不禁摇摇脑袋,又吟一联:

小酒店三杯五盏没有东西;

谁知老秀才听得一清二楚,随之也摇头晃脑地吟出下联:

大明君一统万方不分南北。

这可中了朱元璋的下怀。

秀才一走,朱元璋马上吩咐随从说:"朕马上回都,你给朕把那老秀才请到皇宫去。"

朱元璋把老秀才请进皇宫,叫他当太子太傅。

不料皇太子不服管教,被老秀才责打了一顿。

朱元璋知道了,一气之下把老秀才关进监狱。

这事被马皇后知道了,连忙劝道:"国有国法,家有家规,师有师道,你把这些一齐丢了,岂不把大明天下也丢了吗?"

朱元璋听了马皇后一席话,就领着皇后、太子到监狱里向老秀才赔情,并把老秀才请回皇宫。

老秀才见皇上改错,内心颇为感动,连忙书写一联,跪在皇上面前说道:"老臣谢恩!"

朱元璋接过一看,顿时愣住了。

只见纸上写的是:

明王明不明
贤后贤非贤

朱元璋正要发作,马皇后笑嘻嘻地说:"老先生,你念给皇上听。"

老秀才念道:"明王明不?明!贤后贤非?贤!"

朱元璋听了,顿时大笑。

君臣同归于好。

妙语解误会

清朝时候，广东吴川县出了一个才子，名叫林召棠。从小他父亲对他管教甚严。

有一回，林召棠父亲听人说林召棠行为不端，戏弄女子，十分生气。他想到事情尚待证实，便出一合字上联，令儿子对下联，从中进行试探。

上联是：

奴手为"拏"，切莫乱拏奴手；

聪慧过人的林召棠一听，就猜到有人在父亲面前诬告自己，于是对出下联以说明：

人言是"信",不能轻信人言。

父亲见林召棠下联对得好,言之有理,便去调查,证实果然是邻人诬告。

有一天,林召棠到鉴江古渡的南桥头,想过河去,撑渡的老船工对他说:"林公子,早就听说你一肚文才,我有一句上联,你若对上,我立即送你过河,如何?"

林召棠回答说:"请把上联道来。"

老船工出的上联是:

南桥头二渡如梭,横织江中锦绣;

林召棠望了一望西岸的宝塔,略一沉思,便对出下联:

西岸尾一塔似笔,直写天上文章。

老船工一听,下联对得既工整又贴切,立即开船,渡林召棠过河。

善　　辩

雄辩——它必须是使人悦意的，而又是真实的；然而那种使人悦意，其本身又必须是出自真实。

巧言戏老财

　　从前,有个贪心的财主,为了榨取佃户们更多的血汗钱,便下令他家所有佃户的女人也得同男劳力一样干粗重体力活。他的这一不合理要求,引起佃户们的强烈不满。佃户中有个叫赵二的媳妇,是个出名的聪明女人,于是,人们簇拥着赵二媳妇去与贪心财主评理。

　　这天,所有的佃户都聚集在贪心财主家门前,女人们要求贪心财主收回成命。贪心财主在家奴的簇拥下,趾高气扬地望着那些竟敢违抗他命令的穷女人们,正要发威,但一看那些侍立一旁、如怒目金刚的男人们,他只得把嚣张气焰压一压。

　　但若收回成命,他又怕丢掉面子,鬼眼珠一转,便"嘿嘿"奸笑一声,对带头的赵二媳妇说:"我说赵二媳妇,人家都夸你聪明伶俐,出口成章,老爷今天就和你打个赌,如何?"

赵二媳妇不知他葫芦里卖的啥药,便问:"打什么赌?"

贪心财主摇头晃脑地说:"老爷这里有一上联,你若对得出下联,老爷便答应你们的要求。"

赵二媳妇说:"老爷此话可否当真?"

贪心财主阴阴一笑道:"谁和你说笑不成? 但有一条,如你对不上这下联,可就别怨老爷我心狠了,从今以后一切得听老爷我的安排,不再闹事。如何?"

赵二媳妇微微一笑:"就依老爷。请问这上联是——"

贪心财主望了望满场的男人女人,高声说道:"你们可都听清了,老爷我的上联是——"

他奸笑着干咳两声,然后开口说道:

男人是人,女人是人,同样是人,何分男人女人?

贪心财主此言一出,满场哗然,女人们啐道:"呸,不要脸,缺德鬼!"

这时,赵二媳妇悄悄向赵二交待了几句话,赵二就挤出人群走了。贪心财主见赵二媳妇不吭声,心想,这回可难住你了吧!于是,他趾高气扬地喊:"赵二媳妇,你对呀,对不上,莫怪老爷不客气了。"

人们担心地看着赵二媳妇,赵二媳妇却笑了笑,并不答话。贪心财主的家奴们一见她对不上来,起哄道:"赵二媳妇,对呀,快对呀,对不上就服服帖帖去干活吧!"

就在贪心财主得意忘形时,只见赵二手中提着一只壶来给贪心财主斟茶。贪心财主一看赵二手中拎着的壶,不由勃然大怒:"赵二,你瞎了眼,拿个尿壶来戏弄老爷?"

赵二媳妇一听,笑容满面地说:"老爷且听我这下联!"

她开口吟道：

　　茶壶是壶,尿壶是壶,同样是壶,管它茶壶尿壶。

　　此言一出,人们顿时醒悟过来,连声叫好,有几个佃户还冲着面红耳赤的贪心财主揶揄道:"老爷请用茶呀！何分男人女人,管它茶壶尿壶,哈哈!"

　　贪心财主不由恼羞成怒:

　　天大地大,没有权大;国法民法,不如老爷家法!

　　赵二媳妇冷冷一笑,随口回道:

　　天大地大,没有理大;国法民法,不容老爷犯法!

　　赵二媳妇只把贪心财主的上联改了三个字,便成了一副不卑不亢、具有劳动大众傲骨风格的下联,警告贪财主:天理王法不容他胡作非为。

　　贪心财主一听,知道自己不是赵二媳妇的对手,只得灰溜溜地走了。

村妇驳书生

很久以前,有个读书人叫刘道真,比较轻视女子。

当时由于兵荒马乱,为了生活,他在河边帮人牵船。有一天,刘道真正在牵船时,看见河中有位老妇人操橹划船,他一时兴起,便吟诗嘲笑这位老妇人:

女子何不调机弄杼,因甚傍河操橹?

没想到,这位老妇人却给他来个反唇相讥:

丈夫何不跨马挥鞭,因甚依水牵船?

　　刘道真听了，羞得满脸通红。

　　另有一次，刘道真同友人在一间茅屋中共用午饭，看见一位身穿黑衣的妇女领着两个小孩走过，又一时兴起嘲笑起她们来：

　　一羊引双羔；

　　这位妇女回头瞪了刘道真一眼，正言回答：

　　两猪共一槽。

　　刘道真听了无话可答，没想到连连碰了几个软钉子，以后再也不敢小看妇女了。

断句戏土豪

一年除夕,祝枝山到杭州访友,街头闲步,遇见一老一少,正在啼哭。祝枝山过去询问,原来他俩是祖孙,因家穷来城求乞,路经一个姓张的土豪门口,不小心撞倒了张家的过年供品,遭到毒打。

祝枝山听了老人的诉说,想了一会,就向老人交代了几句,回到朋友家里。

从前老风俗,杭州过年,在除夕晚上都贴上无字春联,意即"全年无事"。年初一早晨,张某开开大门,却见无字联上有了字,读了后又气又恨。原来写的是:

　　此屋安能居住

其人好不悲伤

并题了祝枝山书赠。

张某认为倒霉,是祝枝山有意伤害他,就派人到祝枝山朋友家里,叫他到茶馆讲理。张某把撕下的对联拿到茶馆,在茶客中间抖开春联,请大家评理。茶客们看了你一言、我一语,都认为祝枝山在新年里开这样的玩笑是不应该的。就在这时,祝枝山来了。他向张某拱手抱歉说:"我来得迟了。"张某见了祝枝山,气势汹汹地大声责问:"祝君,我张某与你无冤无仇,为什么要对我恶意中伤?"祝枝山平心静气地说:"此话从何说起?"张某指着春联说:"红纸黑字,墨迹未干,你还想抵赖吗?"祝枝山说:"这副春联字字善意,怎说恶意中伤?"张某气得大声说:"哼,你要能说出一个好字来,我愿奉送纹银十两。"祝枝山说:"大丈夫不可戏言!"张某说:"君子一言,驷马难追!"

祝枝山微微笑着,向茶馆借了笔砚,用毛笔向摊在茶桌上的春联上画了四个圈,然后对张某说:"请你当着诸位的面读一读,让大家评论评论。"张某盯着春联,看了一回,目瞪口呆,无言以对。祝枝山见张某默不作声,就独自高声读起来。

此屋安,能居住;
其人好,不悲伤。

"啊!好呀!"茶客们都惊叫起来,连连称赞写得好。张某懊悔自己做事太冒失了,不得不拿出十两银子。祝枝山接过银子,大摇大摆走出茶馆,直奔昨天与乡下老人和小孩约好的地方,把十两纹银送到老人手里,说:"快领孩子去治伤吧。"老人捧着银子,称谢不已。

大王治小鬼

传说八国联军打进北京那年，京城里出了一桩惊天动地的对联事件。

日本军队里有一个中国通，叫什么"郎"的，此人极为骄横，他扬言："中国人武的不行，文的也不行。"这天，他在城门上挂起白布条幅，写着：

> 骑奇马，张长弓，琴瑟琵琶八大王，王王在上，单戈成战；

他还摆出打擂台的架势，说："这是上联，限三天之内对上，否则，你们中国人每天过城门都要向它鞠躬，直到对上为止。"

此人确是"中国通",运用汉字的技巧也实在不低,其中有拆字、合字、顶真、复辞、比喻和字形变化;而内容则更露骨地说八国联军是踞于中国之上的大王,随便哪一个国家(单戈)都能把中国打败。

面对这一挑战,京城百姓十分气愤,纷纷找有学问的人试对,要给那个"郎"一点颜色看看。可一连三天,居然无人对上。要说难,也真难对,可咱们中国就没能人了吗?不识字的,抓耳挠腮,恨不能舍了命学会作对联;文士们,废寝忘食,恨不能把《康熙字典》一口吞下。

第四天,天蒙蒙亮,四面八方的人都朝城门跑去。原来昨天夜里,不知是谁挂上去一幅条幅,作为对答:

倭委人,袭龙衣,魑魅魍魉四小鬼,鬼鬼居边,合手共拿。

"好!好!"城楼下一片叫好,响起了雷鸣般鼓掌声。那个什么"郎"的急忙喊着"撤下来",夹着两条联幅不知跑到什么地方去了。

粗毛石先生

蒲松龄在写《聊斋志异》之前，在乡里就因为有才气而出了名。有一个姓石的乡绅，不服蒲松龄的才学，要与他一比高低。

这天，他们碰在一起。石乡绅看见一只小鸡死在砖墙后面，便出个上联难为蒲松龄：

细羽家禽砖后死；

蒲松龄一听，这是糟蹋我这年轻人呀！我也得给他点颜色看，他装作无能的样子说："我不会对对子。既然乡绅逼着我对，我就一个字一个字地对着看，请乡绅帮我一字一字录下来，要不，过后我自己也忘了。"石乡绅差点乐出声来：一个字一个字地对,说不定出什么洋相呢!他满口答应下来。

蒲松龄大智若愚,一本正经地说;石乡绅幸灾乐祸,一本正经地记:

"粗对细,行吗?""行。"记个"粗"。

"毛对羽,行吗?""行。"记个"毛"。

"野对家,行吗?""行。"记个"野"。

"兽对禽,行吗?""行。"记个"兽"。

"石对砖,行吗?""行。"记个"石"。

"先对后,行吗?""行。"记个"先"。

"生对死,行吗?""行。"记个"生"。

石乡绅拿过来就念:

　　粗毛野兽石先生。

刚念完,发现这是用"先生"与"乡绅"的谐音糟蹋自己,石乡绅顿时面红耳赤,自认晦气。从此,再也不敢与蒲松龄比高低了。

邱浚服显贵

明代文人邱浚，幼年在学堂读书。有一天，大雨滂沱，教室里有的座位漏雨，他与一个显贵的儿子争坐不受水滴的座位，两人相持不下。老师说："不要争，我有一句五字联，能对出的坐好位。"于是念道：

细雨肩头滴；

显贵的儿子一听，目瞪口呆。邱浚却胸有成竹地应声道：

青云足下生。

老师把好位分配给他。

显贵的儿子不服,回家告诉他父亲,他父亲大怒,派人把邱浚叫来,气急败坏地喝道:

谁谓犬能欺得虎?

邱浚鄙视地一笑,从容答道:

焉知鱼不化为龙!

显贵见他出口不凡,怕他将来一旦做了大官会找自己麻烦,只得作罢。

管家难学政

　　清代乾隆年间,湖南抚台宴请调任广东某府学政的李调元,并在洞庭湖畔召集当地文人骚客,为李饯行。来宾中有一候补道,得意于自己在作对联上有所特长,为要卖弄才华,提出与李调元联诗作对,以助筵席酒兴。

　　候补道抬头四望,见岸边不远处,李树一片,果实累累,触景生情,抬手指着李树林说道:

　　　李打鲤,鲤沉底,李沉鲤浮;

　　当时正值仲夏,百花怒放,群蜂纷飞,时而遇风扑地,时而无风即飞,忙着采花酿蜜。李调元触景生情,马上对出了下联:

风吹蜂,蜂扑地,风息蜂飞。

"妙！妙！妙！"来宾们无不拍案叫绝。那候补道暗暗佩服,抚台也赞赏地点点头。

李调元见满座赞好,也就踌躇满志起来。举目扫视满座,乐滋滋地说道:"在此群英荟萃之际,我也有几句悬联求教诸位。"说完就出了一联:

枣棘为薪,截竖开横成四束;

席间一时哑然。

抚台大人已觉察到李调元并非沉笃稳重之士,乃转脸对站在下面的一个管家道:"你不妨一试。"管家胸有成竹,随口说出下联:

阊门启户,移多祚少作双间。

李调元听了,不禁一怔,心想:家丁有此高才,那抚台大人的文数更深阔,自己有点才学算得了什么！这样一想,李调元连忙对抚台说:"大人,古人曰'学海无涯',今后还请大人多加指教！"于是,宾主尽欢而散。

书生答总督

清光绪年间，梁启超上京考试，路过武汉时，按照老师康有为的吩咐，去拜谒两湖总督张之洞。

张之洞见康有为在信中夸奖梁启超如何才思敏捷，再望望眼前这个文弱书生，很不以为然，客套一番之后，便对梁启超说："老夫日前偶得半联，苦思良久未想出下联，不知你能否代为一对？"

梁启超答道："请赐教。"张之洞沉思片刻，说出了上联：

四水江第一，四时夏第二，老夫居江夏，谁是第一，谁是第二？

这一联,语义双关,颇为自负。

梁启超也不示弱,张之洞话音一落,他便脱口对出了下联:

> 三教儒在前,三才人在后,小子本儒人,岂敢在前,岂敢在后。

梁启超的诗句不仅对得工稳巧妙,而且机智地回答了张之洞的问题,态度不卑不亢。张之洞一听,也不得不连声说:"妙哉,妙哉!"

小妹骂佛印

有一天,苏小妹正与哥哥苏东坡吟诗作对,不想和尚佛印来访,小妹急忙躲进帐中。佛印见此情形,即口占一联相戏:

碧纱帐里坐佳人,烟笼芍药;

小妹想:这个佛印和尚,人家兄妹正谈得起兴,被你冲散,害得我闷坐帐中不说,你还出联戏弄我。好!待我回敬一联:

清水池边洗和尚,水浸葫芦。

"水浸葫芦!好!"苏东坡听罢拍手称妙。

佛印摸着自己的光头,无可奈何地苦笑起来。

巧答监考官

相传，明末清初，有个长工的儿子叫林大茂，七岁就给地主放马。大茂聪明伶俐，但没钱上学读书，只好每天牵着马到学堂围墙外的草地上，边放牧边偷听先生讲课，长年累月，倒也学得满腹学问，能吟诗作对。

大茂十一岁那年春天，县里举行科举考试，村里一些富家子弟坐着大轿，带着书童，到县里应试，大茂也偷偷地骑上一匹沙灰大马，直奔县衙门应试。可是，当他走到县衙门前的时候，被土官喝住了："哪里来的村野顽童，敢不下马?"大茂毫无惧色地说："我是来应试的。"官员见大茂乃三尺孩童，衣衫褴褛，身上沾满泥沙，冷笑道："泥腿子也要考状元? 癞蛤蟆想吃天鹅肉。好吧，我出个对了给你对，对得上，就放你去考。"

土官说：

　沙人骑沙马，沙头沙尾沙屁股；

大茂一听，沉思片刻，轻蔑地对答道：

　土官坐土城，土头土脑土王法。

土官顿时哑口无言，只得让大茂骑上沙灰马来到考场。

监考官姓叶名梅开，是县里有名的人物，哪里把大茂放在眼里，于是就说："我出个对子，你能对上，就让你进去考。"大茂说："随你便吧！"

叶梅开出了一上联：

　嫩竹书生，几时等到林大茂；

大茂一听，知道他是讥讽自己，当即回敬道：

　梅花开放，何日见过叶先生。

叶梅开的上联，意思是说：林大茂，你只不过是一芥嫩笋般的书生，几时才能出息成茂盛竹林呢？"林大茂"又是林大茂的名字，用的是谐音法。

林大茂对的下联，针锋相对，意思是：梅花开放时，总是花先于叶，何日见过叶先于花呢？"叶先生"又指叶梅开，用的也是谐音法。

压倒三江儒

　　清乾隆年间,江南科考,因江南应试的学院举子都是当地的名士,一连换了几个主考官,都被举子们一个个给顶了回来。乾隆皇帝这才想起了王尔烈,派他乘坐八台大轿到江南主考。

　　听说主考官是北方人,有人便奚落说:"北方人还会出什么考题?至多出个'学而时习之'。"这些话传到王尔烈的耳朵里,他并不介意。他按规定,出了三个考题,竟然都是《学而时习之》,但要求每篇文章不得重复,各有新意,不落俗套。考题如此浅显,要求如此之高,一下子把考生们都难住了。

　　这时,王尔烈自己以《学而时习之》为题也连做三篇文章,贴在考场门前。考生一看,三篇文章气象万千,风采各异,如出三圣之手笔,无不拍手称奇。

但是总会有人不愿善罢甘休的,居然在王尔烈的馆驿门旁贴出一副楹联的上联:

> 江南千山千水千才子;

意思是说:我们江南是山清水秀、人才荟萃的地方。下联一个字没写。王尔烈回到馆驿,抬头一看,问道:"诸位,我初到江南,对此地风俗不甚了解,你们这门上贴的对联怎么变成春条了呢?"众举子笑道:"哪里,哪里,主考官大人有所不知,皆因我们才疏学浅,只写出个上联,已是意尽辞穷了,还望大人指点。"说着马上就把笔砚捧了上来。

王尔烈挥毫悬腕,写出了下联:

> 塞北一天一地一圣人。

众举子一看,不由得暗中赞叹:纵有千山万水,也全包含在天地之内,多少才子也抵不过一个圣人哪!于是,众举子把王尔烈让到上屋,以礼相待。座中一位举子躬身问道:"王大人学识如此渊博,敢问尊师大名?"

王尔烈笑着说:"天下文章数三江,三江文章数吾乡,吾乡文章数吾弟,吾为吾弟改文章。"举子们听罢,哑然失笑,自愧不如,纷纷告退了。

王尔烈回到京城,面奏乾隆皇帝:"启禀陛下,江南才子有名无实,故臣此一试,一名未录。"从此,"压倒三江王尔烈"的美名便传开了。

忍辱随其后

　　相传,明代杨升庵考中状元后,在从水路返家的途中,遇上了一位武状元的船。两只船谁走前谁走后,直接关系到各人身价,一时互不相让。

　　武状元沉思半晌,眉头一皱,对杨升庵道:"我有一联,你能对上,我甘愿尾后。"他出的上联是:

　　　　二舟同行,橹速哪及帆快;

　　武状元利用谐音,既指物,又指三国时的鲁肃和西汉时的樊哙,含有"文不及武"之意。杨升庵当时没能对上,只得忍辱居后。

此事过后，杨升庵耿耿于怀，直到儿子娶亲之日，还在思索。这天，当"拜堂"之声唤起鼓乐时，他猛地拍案叫道："有了！"原来此时他终于对上了几十年没有对上的对联：

八音齐奏，笛清怎比箫和。

杨升庵这联也是利用谐音，既指物，又指北宋中期的狄青和西汉时的萧何。狄青是武将，萧何是文官，"武不及文"。

小姨羞姐夫

　　从前，有一位当私塾先生的秀才，自以为很有才华，趾高气扬，看不起别人。这可惹恼了他那 12 岁的小姨子。小姨子年纪虽小，很有文才，决心戏弄秀才一番。

　　这年正月初二，秀才带妻子给老丈人拜年。当秀才给老丈人、丈母娘叩头施礼后，小姨子调皮地说："姐夫，有道是礼多人不怪。你也给我施个礼，我也给你一份压岁钱。"

　　秀才哈哈大笑："你个小小黄毛丫头，有什么真本事，竟敢让我施礼？"

　　小姨子把小嘴一撇，说："秤砣小，压千斤；胡椒小，辣人心；孙悟空个小，大闹天宫。我虽然年纪不大，今天倒要和你比试比试文才。"

秀才心想,小姨子不自量力,就想出个怪题把她难住,便说:

> 云从何处出?雾从何处起?何山无石?何火无烟?何女无夫?何夫无妻?何马无驹?何水无鱼?

小姨子顺口答出:

> 云从山出,雾从地起,土山无石,萤火无烟,仙女无夫,僧人无妻,木马无驹,井水无鱼。

秀才见小姨子对答如流,暗暗吃了一惊,又说:"算你答对,下面咱俩对诗句。"

小姨子毫不示弱:"好吧,你说上句。"

秀才张口嘲笑道:

> 母鸡不鸣公鸡鸣;

小姨子答道:

> 公鸡本是母鸡生。
> 公鸡头上重二两。
> 母鸡下蛋育儿孙。

秀才见小姨子果然不凡,可又不甘心败下阵来,就又出主意与她对对联:

> 衣字旁被袄裤,雨字旁霜雪露,没有被袄裤,怎挡霜雪露?

小姨子对出下联：

> 金字旁锅铲铛，草字头芹菜葱，没有锅铲铛，怎炒芹菜葱？

秀才见难以取胜，想见好就收，说："妹子可称才女，好好跟我学习，日后必有出息。"

小姨子嘻嘻一笑，说："秀才姐夫，该我出题问你了。我问一个字儿，你不能写，只用嘴说出是什么模样。行吗？"

秀才信口答应："问吧！"

小姨子问："你说秀才的'秀'字怎么写？"

秀才答："上面一个禾苗的'禾'字，下面一个'乃'字。"

"说了半天，你没说清楚。"

"依你怎么说？"

小姨子笑着答："秀才的'秀'字，就是秃头的'秃'字尾巴别往上翘，往里一拐弯，藏着点就行了。"

这句话把个秀才戗得脸色通红。

老丈人一见哈哈大笑，急忙摆上酒菜，为他解围。

明　　　志

真正的雄心壮志,几乎全是智慧、辛勤、学习、经验的积累,差一分一毫也达不到目的。

看老夫手段

相传，太平军起义前，广西贵县客家人石达开资助李文彩（后为石的部将）在贵县城里开了个剃头店，作为结交地方豪杰的联络点。

开张前夕，冯云山为李家店写了一副对联：

磨砺以须，天下有头皆可剃；
及锋而试，世间妙手等闲看。

石达开看了以后说："对子好是好，但两句都是头重脚轻，既吓不倒胆小鬼，也引不起豪杰志士的注意。"

于是，提笔改为：

　　磨砺以须,问天下头颅几许?
　　及锋而试,看老夫手段如何!

　　那些前来理发的老爷、公子们看了,个个吓得缩头伸舌,转身就走;而那些有识之士却纷纷闻讯奔来。

取匾显才华

明代万历年间,湖北天门县出了两个文人,一个叫钟惺,一个叫谭元春。他们都主张厚今薄古,提倡通俗文学,曾经轰动当时的文坛,被称作自辟蹊径的"竟陵学派"。

竟陵学派的崛起,带动了革新文学的思潮,也震慑了守旧势力,社会上对他们的活动,有称赞的,也有贬弃的。

称赞竟陵学派的人,引用春秋时代的一个典故,为他们题了一块"楚有材"的匾额,悬挂在他们兴办的学院门上。这事传开以后,越发引起了保守派文人的不满。

这一年,主持乡试的学台大人,听说钟惺和谭元春竟挂起了这样目空一切的匾额,心中很是不服,于是趁赴任之便绕道来到天门县,想到实地探访个究竟。

这位学台大人来到钟惺他们住处，正值钟、谭两人出外未回，使他十分扫兴。他灵机一动，当即命令随从人员把那块题着"楚有材"的匾额取下来，带到他所乘的船上。

学台大人取走了匾额不久，钟惺和谭元春回来了，两人得知此事，立即跨上快马，从陆路追赶学台大人乘坐的那条船。

两匹快马沿河岸飞奔，很快就接近学台乘坐的船只。钟惺一面拍马向前，一面大声疾呼："堂堂学台老爷，为何偷我竟陵木匾？"

学台大人坐在船里，正为没与钟惺和谭元春见面感到闷闷不乐，忽然听到岸上马蹄得得，并传来呼喊声，他当即精神一振，忙叫船夫停船靠岸。

学台大人请两人上船，先向他们假意道歉，表明自己为慕才而来，然后就拿出事先准备好的一道道难题，想考考他们的文才。

钟惺和谭元春果然对学台提出的各种问题对答如流，学台心里不由暗暗赞赏。最后，学台给他俩出了一个半联，请他们作对。学台的上联是：

秤直，钩弯，星朗朗，能知轻重；

钟、谭两人一听，学台以秤自比，表明他是个伯乐，有识才的慧眼，两人交换了一下眼色，谭元春向钟惺做了一个手势，钟惺点点头，冲口而出：

磨大，眼小，齿稀稀，可分细粗。

学台大人理解他们这下联的含义：两人以石磨自喻，有人推动，自当为国分忧。他更加赞赏他们，说："二位确有才华！卑职回去后,为国荐贤,决不使明珠投暗,白玉蒙尘。"

　　钟、谭两人提出要将匾额取回,学台哈哈大笑,说:"本官要将这块匾额带回去,张扬二位大名。不仅如此,我还愿为匾上增加一字,题为'惟楚有材'。不知二位意下如何?"

　　钟惺和谭元春见学台对他们这样器重,不好强取,也就罢了。

　　据说,学台回到京里,竭力推崇钟、谭两人的才学,在他的主持下,武昌阅马场建了一座牌楼,上面高悬着"惟楚有材"的匾额。后来有人根据学台访问和推荐钟、谭两人的事,题了一块"辟门呼俊"的匾额,也挂在牌楼上,成为一代文人的佳话。

治国小子为

湖南安化人陶澍十三岁时，家乡兴建了一座榨油坊。榨油坊开业前，老板请来几个秀才，想让他们为榨油坊题庆典对联。可谁知这几个秀才来到榨油坊之后你看我、我看你，搜肠刮肚都没想出什么好的对联。

站在跟前看热闹的小陶澍见此情景，暗暗好笑，凑到桌前，大胆地说："我来题一联。"说完，就提起笔来写：

> 榨油如雷，惊动满天星斗；
> 油光似月，照亮万里乾坤。

众人一看，无不为之震惊。

这时候,有人向陶澍的父亲说:"你有这么一个不同凡响的儿子,将来一定能享清福了啊!"

老头子听了连连摆手,说:"我哪有这样的命?岁岁有红芋、包谷吃,夜夜有蔸根火烤,我就心满意足了。"

站在一旁的小陶澍听了并没有吱声;可是到了这年除夕,他却写了一副对联,贴在家门口:

　　红芋包谷蔸根火,这种福老夫所享;
　　齐家治国平天下,那些事小子为之。

陶澍这样写了,也真的这样做了,他刻苦读书,志向很大,后来考中进士,做了两江总督。

真话表心声

　　过去有个戏班,在春节写对联时,老板对管事人说:"今年写门对,不要写那些空话,要写点实话、真话,要把我们戏班的特点写出来,越真实越好。"

　　管事人一时找不出现成的对联,就找了演小生、花旦、武生和老生的几个演员来商量。管事人把老板的意思向大家说了之后,便让他们各自去思索。

　　演小生的想:自己经常扮演公子,开始总是公子落难.然后进京赶考,金榜题名,荣华富贵,老一套,这样的状元郎,他也不知当过多少次了。但这只不过都是逢场作戏而已,卸妆之后,自己照旧还是一名穷戏子。

　　想到此,他便先得一句:

金榜题名虚富贵；

演花旦的想：你金榜题名是假，我扮演小姐，与公子相爱，直到洞房花烛，结成夫妻，又何曾是真呢？于是就对出了下联：

洞房花烛假姻缘。

眼见一副对子已经作好了，管事人连忙记下。这时听演武生的说："我也想出了一句。"随即念道：

你一枪，我一刀，虽杀未恼；

武生刚刚念完，演老生的接上说：

轿上来，马上去，非走不行。

管事人说："咱们一年到头，颠沛流离，受尽了官僚、地痞的欺侮，过着饥寒交迫的生活。因此，我也作了一副。"于是，他心情悲伤地吟道：

年年难唱年年唱；
处处无家处处家。

这时，老板也讲话了："虽然如此，但是我们还不能丧失演员的人格。我也想了一联。"他神情严肃地吟道：

清清白白做人；

认认真真演戏。

这些对联贴出之后,看的人都称赞他们的对联写得好。有个爱好文墨的观众又送给他们一副:

文唱武打,台上一片巧技;
旧事新演,戏中都是真情。

英宗试神童

　　明朝天顺年间,出了两位名遐一时的神童:李东阳和程敏政。他们十岁左右赋诗作对,就胜过许多有才学的成年人,明英宗听说后,传旨让两人进京面试。英宗坐在金銮殿里,见两个孩子走来,由于个子小,跨不过殿门,于是,即兴出联:

　　　书生脚短;

李东阳应声答道:

　　　天子门高。

英宗一听,果然名不虚传,便邀他俩共进御膳。英宗指着一盘螃蟹说:

螃蟹一身甲胄;

程敏政随即答道:

凤凰遍体纹(文)章。

李东阳也接着对出:

蜘蛛满腹经纶。

英宗又出一联:

鹏翅高飞,压风云于万里;

程敏政对道:

鳌头独占,依日月以九霄。

李东阳对道:

龙颜端拱,位天地之两间。

英宗大喜,当即表示他们成人之后,一任宰相,一为翰林。

后来,李东阳和程敏政都中了进士,李拜吏部尚书,程拜礼部侍郎,都成了当时著名的文学家。

对诗铭抱负

　　一年春天，清代文学家李调元随父亲和老师赵亮出外观赏田园风光。他们走到百花渠，见一碾子在碾米，赵亮对李调元说："我给你出一个对儿。"

　　李调元说："请问老师上联？"

　　赵亮指着碾子说：

　　　　一木压滚调圆(元)；

　　李调元抬头看见前面半山有座寺庙，门前一根灯杆上，挂着明亮的九莲灯，他立即指着灯杆说：

两石夹柱照（赵）亮。

他父亲暗暗惊奇，但又转身对儿子说："调元无礼，怎好直呼老师的名字呢？"

赵亮忙说："对得好，不妨事！"

父亲要亲自考考儿子，于是说："我也出个上联。"

他说：

蜘蛛有网难落雀；

他的意思是说，你有多大学问？可是李调元却冲口而出：

蚯蚓无鳞欲成龙。

父亲和赵亮听了相视而笑，夸奖李调元有出息。

逗　　　　趣

我们的一切字句,都是从心思的筵席上散落下来的残屑。惟有聪明人,才善于把许多意思压缩在一句话里。

巧接晦气联

有一位大书法家，过年时，自己写副春联贴在门口。不料，还没等糨糊干透，就被人悄悄揭走，当作墨宝收藏起来。他只得再写一副，谁知又被人揭走了。

俗话说："二十四，写大字。"从腊月二十四开始写春联，直到腊月三十，大书法家写几副就被揭走几副，自家门上竟一个字也没留下。他一赌气，不写了。可夫人不答应，说贴桃符是自古传下的规矩，能驱除秽气，带来好运，催他再写一副。

书法家思考一会儿，舔笔走腕，又写了副让儿子贴出去。

那些"书法真迹收藏者"早盯着他家的动静，等家人回进屋，赶紧到门前一看，只见贴着的是：

　　福无双至；
　　祸不单行。

　　大家看得目瞪口呆，这对联不但不吉利，还满纸晦气，于是谁也不揭了。

　　可等到初一大早，大家在书法家他家大门上看到的对联却成了：

　　福无双至今朝至；
　　祸不单行昨夜行。

　　这样一来，谁也不好意思再揭了。

　　至于这位书法家是谁，传说不一，有的说是王羲之，有的说是韩愈……都没有根据。不过肯定是位大书法家，否则，他的真迹怎么会那样被人喜爱呢？

唐寅出趣诗

明代画家陈道复,号白阳。一次,他与唐伯虎一道远游,走到一座花园处,唐伯虎戏出一联:

眼前一簇园林,谁家庄子?

联中的"庄子",语带双关,一是指的庄园,一是指战国时的哲学家庄周及其著作《庄子》。

陈白阳听了,一边走,一边想下联。待走到一座旧庙前,他抬头看见墙上有无名氏的题字,马上对出下联:

墙上几行文字,哪个汉书?

"汉书",在这里也是双关,一是指"汉子(男子)写的字",一是指汉代班固所撰《汉书》,对得十分工巧。

接着,他俩又继续往前走,来到一座道观,老师父叫道童用锅煮茶招待他们。唐伯虎又以此出上联:

> 道童锅里煎茶,不知罐煮;

这里的"罐煮"语带双关,一是指用"罐子煮茶",一是指道观的"观主"。

陈白阳略加思索,就对道:

> 和尚墙头递酒,必是私沽。

下联的"私沽",也是双关,一是指私自沽(买)酒,一是和尚与尼姑"有私",尼姑是"私姑"。

说罢,两人抚掌大笑。

大国大明君

朱元璋当了皇帝,喜欢穿着便服到老百姓中间去。这天,他进了一家小酒店,在一个年轻的读书人身边坐下了,问:"你是何方人士呀?"读书人答道:"重庆人。"朱元璋说:"我用你这个'重'字出个对子,你能对吗?"说罢,随口吟出:

千里为重,重水重山重庆府;

年轻人想:这位客人虽是平常打扮,言谈举止可不像老百姓,说不定是朝廷里的大官,下来转悠找碴儿来了。我还是说点好听的吧!于是他也仿照客人办法,作了一个以"大"字为核心的对联:

　　一人为大,大邦大国大明君。

　　朱元璋听了十分开心,连说:"对得好! 对得好!"
　　朱元璋走了没多大工夫,一伙当差的走进来,冲年轻人说:"别喝了,跟我们走!"稀里糊涂,把他带进皇宫。
　　朱元璋在金銮殿上说:"抬起头来,还认得我吗?"年轻人一看,原来是刚才对对子的那位,吓得直叩头。
　　朱元璋夸奖他聪明,让人给了他不少赏钱,把他送出宫。
　　年轻人回到家,还惊魂未定地想:我多亏说了"大明君",要是对"大傻瓜"或者别的什么,那脑袋还不搬家了?

请坐请上坐

有一天,郑板桥游佛寺。

寺院长老不认识他,看他衣着平常,以为是一般游客,便冷冷地招呼:"坐!"

郑板桥按所指的座位坐下,长老就喊小和尚:"茶!"

郑板桥接过茶,便和长老攀谈了起来。

长老发现来客知识渊博,并非常人,于是,又对郑板桥说:"请坐!"又招呼小和尚:"敬茶!"

当长老问起来客姓名,只见郑板桥微微一笑说:"姓郑名燮,号板桥。"

长老一听,倒吸了一口气,原来来客就是赫赫有名的才子呀!便连忙请他到了客厅,用袖子拂了拂太师椅,毕恭毕敬地说:"请上坐。"又连忙招呼小和尚:"敬香茶!"然后又陪板桥谈了一阵。

当郑板桥告辞时,长老请他写副对联留念,郑板桥欣然允诺,挥笔立就:

坐,请坐,请上坐;
茶,敬茶,敬香茶。

长老看后,连连道歉,一直送郑板桥到山下才分手。

此女不是人

一天，徐文长的岳母六十大寿，徐文长和妻子携带文房四宝前去祝寿。

到了岳母家，夫妻俩先向两位老人请安，再向众人问好，然后进入寿堂大厅，在正中八仙桌上摆好文房四宝。妻子亲自磨墨，徐文长挥毫作画，顷刻间，一只展翅翱翔的白鹤跃然纸上，众人见了，拍手叫好。

徐文长继续挥毫泼墨，画了一只活灵活现的大龟，众人不解他的意思，不敢说好道歹。

徐文长画好画，又在画上题了八个字：

　　仙鹤神龟；

同庆寿星。

这八个字写得龙飞凤舞,满堂宾客连声惊呼:"奇才妙手,妙手奇才。"

岳父见了大喜,忙让人把徐文长这幅字画挂在大厅中堂。

接着,徐文长又挥笔写起贺联:

这个女人不是人,
儿孙个个都是贼。

众宾客见了眉头紧皱,岳父母也气得闷声不响。

徐文长依然不动声色。又取过另外两张红纸,写了一副对联。当他把这新写的与刚才写的对联衔接起来,合而为一时,众人才如梦初醒,顿时大叫"奇才"、"妙手"、"神笔"。

原来这副对联是:

这个女人不是人,九天仙女下凡尘;
儿孙个个都是贼,偷得蟠桃奉母亲。

山碰山羊脚

古时有一考童进城赶考,刚翻过一座山,迎面被一群放羊的牧童拦住了。其间有一少年说:"考童,考童,有一对子,你若能对上就放你下山,对不上就回山那边去!"说着,他指着一群山羊出了个上联:

> 山羊爬山,山碰山羊脚,山羊喊:咩……

考童一时答不上,被退回山上,坐在一块大石头上生闷气。突然,他发现山下有条河,一个放牛娃正骑在水牛背上过河,河水渐渐淹没了牛身,只剩下牛头,牛嘴里不断地噗着水……考童灵机一动,一拍大腿,有了:

水牛趟水,水满水牛嘴,水牛叫:噗……

考童下山赶路,来到一个村子,见一群孩童正在梧桐树下嬉闹,原来是用石块砸树上的桐子取乐呢。正看得有趣时,走来一位俊俏的姑娘,随口出了个上联:

童子砸桐子,桐子落童子乐;

考童愣了一会,拔腿想走。姑娘马上拦住去路:"这是我们村里的规矩,答不出下联不得离开村子。"

考童见眼前这位姑娘十分美丽,真可谓是绝色佳人,马上眉头一皱,计上心来,随口答道:

佳人出嫁人,嫁人俦佳人酬。

姑娘马上羞红了脸,飘然离去。

太阳渐渐落山了,考童离开了村头,想继续赶路,又想就此小住一宿。正在犹豫之际,见河边有一位花甲老人在挑水,刚想打听一下有无住处,见老人的水桶直漏水,惊叫道:"漏水了!"

老人笑道:

水漏,桶干船舱满;

考童摇了摇头,想走。老人马上喊道:"别走啊,还没对呢!"考童这才想起这里的规矩,站着愣了半天,还是没对上。老人见天色已晚,说道:"你对不出来,只好入乡随宿(俗)了。"

考童也不推辞,就在老人家里住下。老人生火做饭,考童在烛光下手托腮帮,嘴里还念念有词:"水漏,桶干船舱满……"老人在一旁笑眯眯道:"对不上就算啦,还在冥思苦想呀?"

这时突然"呼"一阵风吹开了门,将蜡烛吹灭了,炉膛里的火一跃冒出了好高。考童触景生情,冲口而出:

风吹,烛熄炉火旺。

老人连声叫道:"对得好,对得好!"

罗汉西天去

　　王尔烈在龙泉寺当杂工时,有一年冬天下大雪,寺里的小和尚和打杂的都来扫雪,他们连扫带玩,用雪塑了个观世音菩萨像。

　　这时,方丈元空和尚来到跟前,就以雪人为题,出了个对儿,上联:

　　　雪积观音,日出化身归南海;

　　他让小和尚们对出下联。小和尚们一听,你瞅瞅我、我瞅瞅你,摇头搔脑对答不上。这时,王尔烈在一旁说了声"我来对",随口念道:

云成罗汉,风吹漫步到西天。

　　王尔烈从"雪"联想到"云",便以"云成罗汉"对"雪积观音"。日出雪化,风吹云变,故以"风吹漫步到西天"对"日出化身归南海"。神思驰骋,意象生动,对得委实工巧有趣。元空和尚一听,连念:"阿弥陀佛!"小和尚们也都称赞不已。

扎秧父抱子

　　清朝初年,有个宰相叫张英,他平时喜欢舞文弄墨,颇有点文才。

　　有一次,他穿上便服到乡间私访,这时农民正在用稻草捆秧,闲谈之间,农民要张英对对子。农民出的上联是:

　　稻草捆秧父抱子;

　　张英站在田头想了许久,仍对不出下联。

　　张英回来后和夫人谈起这件事,他们的谈话正巧被一位侍女听见了,她不由得笑了起来。

　　张英问她笑什么,侍女笑道:"这有什么难对的?"随即吟道:

竹篮装笋母怀儿。

原来这侍女是贫苦人家的孩子,灾荒之年被卖进相府做女婢,她小时候常在家乡提竹篮挖笋,感受很深,所以能脱口成对。

打出穷鬼去

相传，一个年三十的晚上，乾隆换上便服，到大街上去巡视，见有一家鞋店门上没贴对联，便推门进去。

只见店主人情绪不高，乾隆问生意怎样，店主人唉声叹气地说："今年生意不好，没心思贴春联。"

乾隆说："我给你写一副。"

店主人很高兴，赶快拿来纸笔。

乾隆当即写了一副有趣的对联：

大楦头，小楦头，打出穷鬼去；

粗麻绳，细麻绳，引进财神来。

横批是：

鞋店兴隆。

乾隆给鞋店写对联的事很快传开了，城里城外到处议论，人们纷纷到鞋店来观看皇帝写的对联。店主人兴高采烈，殷勤接待，鞋店买卖果然很快兴隆起来。

讽　　　嘲

嘲笑,尤其是当它以出奇制胜的方式表达出来时,不仅是渴求荣誉的矫正剂,而且也是一切高度张扬的个性的矫正剂。

死了两个特别人

1908年,光绪和慈禧相继去世,两桩国丧,可把老百姓折腾苦了,朝廷下令家家户户都要在大门上贴挽联。

有个读书人却对此不以为然,他认为皇帝、太后"驾崩"升天,与老百姓关系不大,何必这样兴师动众、劳民伤财呢?于是,在门口贴了这么一副挽联:

> 洒几点普通泪;
> 死两个特别人。

对联让官府知道,派人前来斥问,并罚了他五块大洋。

这个读书人更加生气,等差役拿着罚款前脚走,他后脚又贴了一副新的：

> 抠几个酸字眼；
> 罚五块大洋钱。

　　霎时间，街坊们都围着观看，指着对联笑作一团。
　　官府听说，心想：再折腾，说不定还贴什么难听的呢！于是也就睁只眼、闭只眼，不敢管了。

妈妈增寿爹满门

有个暴发户,略通文墨而极喜附庸风雅,又性极悭吝。

一天,他替他母亲祝寿,按理得悬挂彩灯,贴大红对联。但他舍不得请外人撰写,便叫账房先生将常见的通用的对联写出来,贴在大门上:

这副对联原本是这么写的:

> 天增岁月人增寿;
> 春满乾坤福满门。

账房先生动笔写时,暴发户忽然想起,这是给母亲祝寿,应该改动一下才贴切,于是便叫账房先生把上联改为:

天增岁月妈增寿；

暴发户看了改后的上联，自鸣得意。他想：上联既然改了，下联也该相应改动才工整。于是又叫账房先生把下联改为：

春满乾坤爹满门。

账房先生一听，既哭笑不得，又惊愕不已，说："东家，这么改不行呀！"

暴发户一本正经地说："你懂个屁：爹对妈不是十分工整吗？"

鸡犬牛羊他全要

　　清朝有个名叫王寅的县官，上任以后，贪赃枉法，鱼肉百姓，干尽了坏事。

　　王寅的所作所为，激起了百姓的愤恨，于是有人写了一幅骂他的对联，在一天夜里，偷偷贴到他的衙门大门上。

　　第二天，衙役们发现了对联，又看不懂，也不敢私自将它揭下来，就去报告王寅。

　　王寅估计，这对联不会是吹捧自己的，可是衙役们说，看了对联的人都说写得很好。于是他决定去看看，好就录下来，不好就叫人刮掉。

　　王寅一看对联，气得差点昏倒。

　　原来对联是这样写的：

　　王好货，不论金银铜铁；
　　寅属虎，全需鸡犬牛羊。

　　王寅心里暗想：这副对联写得好刻薄呀！上联把本官比作春秋战国时的齐宣王——齐宣王惯于贪财，见金银就眼红，本官比他还厉害，连铜铁都不放过？真是岂有此理！下联又将本官比做凶狠的老虎，鸡犬牛羊，统统吞食。我何曾如此，何曾如此呀……

养猪如鼠只只瘟

从前,有一位财主,请当地一位秀才帮他写了两副对联:

今日逢春好不晦气;
来年倒运少有余财。

酿酒缸缸好作醋坛坛酸;
养猪条条大老鼠只只瘟。

这个财主不识字,写完后,让秀才念给他听:

今日逢春好,不晦气;

　　来年倒运少,有余财。

　　酿酒缸缸好,作醋坛坛酸;
　　养猪条条大,老鼠只只瘟。

　财主听罢大喜,连呼:"好对联!"立即让人贴到大门上。
　一天,有个和尚登门化缘,看到门上这两副对联后,禁不住笑道:"这准是个倒霉人家!"
　财主听了怒问为什么,和尚指着对联念道:

　　今日逢春,好不晦气;
　　来年倒运,少有余财。

　　酿酒缸缸好作醋,坛坛酸;
　　养猪条条大老鼠,只只瘟。

　财主听后,气得发昏。

这个儿子不敬娘

有个财主少爷，读了几句书，便喜欢耍些小聪明戏弄别人。一天，他见一位年轻村妇在木桥上淘米，便嬉笑道：

有木便为"桥"，无木也念"乔"；去木添个女，添女便为"娇"；阿娇休避我，我最爱阿娇。

村妇觉得讨嫌，瞪了他一眼，稍一凝思，也回敬他一句：

有米便为"粮"，无米仍读"良"；去米添个女，添女便为"娘"；老娘虽爱子，子不敬老娘。

这个阔少爷自讨没趣，红着脸转身溜走了。

此杂种是何先生

从前，有个老员外，宝贝儿子还在幼年，于是就专门请了一位老师，教小儿子读书。谁知这位老师很懒惰，常常是出了对子让学生冥思苦想，自己却到处去游逛。

一天，他给学生出一上联：

有客登堂，惊醒万里春梦；

学生对不出，便去请教姐姐。姐姐是老员外的女儿，才貌双全，年长待嫁。姐姐代弟弟对了下联：

无人共枕，枉存一片痴心。

老师回来一看,问明原来是学生姐姐的手笔,于是又出一联:

纸上画龙龙不动;

姐姐再次代弟弟对出:

鬓边插凤凤难飞。

老师一看又是姐姐所作,心想:这位小姐或许有意于自己。于是,出了一联试探:

六尺绫罗,三尺缠腰,三尺坠;

小姐看后,挥笔对道:

一床锦被,半床遮体,半床闲。

老师一看,高兴极了,认为小姐已是有意无疑,便忙着要与她见面定情。于是,又写了一上联:

风紧林密,问樵夫何处下手?

小姐读了,看出老师心术不端,立即严辞回答:

山高水深,劝渔翁及早回头。

老师看后,再作一联:

竹本无心,节外偏生枝叶;

小姐再次解释:

藕虽有孔,心中不染污泥。

事情至此,本当就应了结,谁知老师仍不死心,偏偏还要恃才戏人,接着写道:

桃李杏梅,这些花哪时开放?

小姐只好不客气地回敬一句:

稻麦黍稷,此杂种是何先生!

这位老师尽管再也无计可施,但心中总是愤愤不平。不久,小姐出嫁,一年之后生了一对双胞胎。到了满月,请老师来做客饮酒。当小姐抱出这一对双胞胎时,老师见有机可趁,问道:

谁是"先生"子;孰为后生儿?

小姐一听,知是老师寻衅,正颜回答:

后生为我子;"先生"是我儿。

满座宾客听了,哈哈大笑;这位老师羞得无地自容。

张三李四全上门

北宋丞相吕蒙正,少年时家境贫寒,他求借无门,感到十分不满。春节到了,家里空无一物,他一气之下,写了一副怪联:

二三四五;
六七八九。

横披:

南北。

对联刚一贴出,穷朋友们一个个都来观看,待到领悟过来,不由得拍手称快。原来,此联的寓意是:缺衣(一)少食(十),没有"东西"。

吕蒙正人穷志不穷。白天,他上山打柴去卖;夜晚,他在灯下苦苦攻读。披历十载,毫不间断,果然学业有成,进京应试,高中状元。

吕蒙正当了大官之后,平日那些有钱的亲朋邻居,纷纷携带财礼,前来贺喜巴结。

吕蒙正百感交集,便说道:"众乡亲请先在堂屋就席,然后往我书斋一观。"

酒足饭饱之后,他们来到吕蒙正的书房。吕蒙正对他们说:"晚生草就一联,现呈请诸位一阅。"只见纸上写着:

旧岁饥荒,柴米无依靠,走出十字街头,赊不得,借不得,许多内亲外戚袖手旁观,无人雪中送炭;

今科侥幸,吃穿有指望,夺取五经魁首,姓亦扬,名亦扬,不论张三李四踵门庆贺,尽来锦上添花。

来客们看罢,羞得无地自容,一个个灰溜溜地走开了。

鲈鱼螃蟹谁为尊

据传，清朝张之洞任两江总督时，"微服私访"，来到松江府，遇见他的一个老同学。这个老同学见他穿着普通老百姓的衣服，惊讶地问他是不是受到什么挫折了。张之洞没有正面回答，只说因事路过这里。

张之洞的这个老同学，只是在一个缙绅家里当私塾先生。他挽留张之洞在他主人家住几日，叙叙旧情。张之洞答应了。

过了一天，松江知府办寿，邀请地方上的官绅们去参加。缙绅接到请帖，要私塾先生同去。

私塾先生把这事告诉了张之洞。张之洞说："我去看看。"这样，张之洞就以缙绅朋友的身份，出席这次宴会。

前来为知府大人祝寿的宾客，既有官场上的同僚，也有地方上的帮闲文人,他们见面后,互相寒暄,吹吹拍拍,拉拉扯扯,整个厅堂哄闹声不断,只有张之洞和他的老同学被冷落在一旁。

这时,知府看见了张之洞和他的老同学,便问带他们去的缙绅:"跟你来的是什么人?"

缙绅也不认识张之洞,回答说:"一位是我家的私塾先生,另一位是他的朋友。"

知府本想对缙绅发作,但顾到客人众多,又想到今日是个寿辰,不便败兴,只向张之洞和私塾先生白了一眼,就转身走了。

待到华灯初上宴会开始,知府就高拱着双手,请诸位来宾入席。

这时,张之洞毫不客气,抢步入堂,在首席上坐下来。

张之洞此举,使赴宴的人,个个暗自惊讶,有的人推测他的来头可能不小,有的人估计他是知府的什么长辈。所以,大家都不好作声,更不便干涉,只是望着知府,看他的态度如何。

知府这时虽感恼火,但是,当着这么多的客人,不好发脾气,怕弄得不好,使自己的寿庆落个不欢而散。

他压住心头的火气,走到张之洞面前,手指桌上一道名菜,用说话的口气出了一联:

鲈鱼四鳃,独占松江一府;

张之洞听得出,知府的这句话是以"鲈鱼"自比,说明他是松江这一带的土皇帝。

此刻张之洞不慌不忙地抓起一支筷子,指了指桌上的另一道名菜,声调中带刺地说:

螃蟹八足,横行天下九洲!

在场的人,听他宾主两人言来语去,互不买账,一是觉得巧妙,二是感到有趣,一齐嘀咕开了。

知府是个机灵人,他向张之洞说了声:"领教了!"迅速离开厅堂,去找那个私塾先生,向他打听来人的名字。

当他知道是两江总督到来的时候,立刻跑回席前,跪倒在张之洞的脚边,口称:"卑职有眼无珠,该死,该死!"

执法如山钱成山

有一县令，贪酷闻名。正月初一，他在衙门口贴了一副春联：

爱民若子；
执法如山。

人们看了，哑然失笑。有人在每句下面添了几个字：

爱民若子，金子银子皆吾子也；
执法如山，钱山靠山为其山乎！

这样一改，入木三分地揭露了这位贪官的丑恶嘴脸。

嘴尖皮厚腹中空

　　解缙一向治学严谨,很看不上那些没有真才实学的人。一天,一位举人来找解缙攀谈,想卖弄自己的才华。他摇头晃脑地说:"我有一联见笑于解公。"解缙说:"请讲。"举人便念道:

　　　　牛跑驴跑,跑不过马;鸡飞鸭飞,飞不过鹰!

　　解缙听了哈哈大笑,说:"我也有一联相赠。"接着念道:

　　　　墙上芦苇,头重脚轻根底浅;山间竹笋,嘴尖皮厚腹中空。

　　这位举人顿时面红耳赤,作揖而去。

传　　情

感情不可能有静止状态,它不是向这个方向发展,就是向那个方向发展。任何感情,只有在自然的时候才有价值。

清和桥畔成连理

从前,有几个秀才结伴访友,傍晚时分,路遇大雨,就到古庙中避雨。

一尊观音像端坐佛堂,金童玉女分立两边,神态各异,栩栩如生。香案上青烟缕缕,香火点点。

大家一看,见里面墙角处坐着一位小家碧玉。她见有人来,正准备起身回避,众秀才一窝蜂地向她涌去,使她回避不及。

这位女子家住东庄,是李员外之千金,名李后照,有宋代女词人李清照之后又一女词人之意。今天来庙里上香,忽然天下大雨,丫环回家拿伞去了,她在此等候。

李小姐被众秀才围着,不能回避,心想既已如此,不如落落大方,况且自己爱好诗词对联,不妨与他们联对联对,看看秀才们的文才。想到此，她就大大方方地与他们见礼交谈。

秀才们因急跑避雨，一个个汗流浃背，扇子扇个不停，其中一位拿的还是破扇。小姐见了，不禁好笑，就顺口溜出：

戸羽石皮，湖北先生摇破扇；

众秀才听后，除望着摇破扇的穷秀才出神外，不知所以。那穷秀才家贫才不贫，见小姐以己为题，用拆合"破扇"两字来取笑自己，就仔细打量小姐，寻找题材"回敬"。他发现小姐因急走，一只鞋子未穿好，就吟道：

革圭不正，江南小姐跛歪鞋。

小姐见穷秀才针锋相对，揭己之短，并且对得好，于是又以身边木柴为题：

此木为柴，山山出；

此联为双关语。表面讲木柴，暗指秀才是作用不大的、到处都有的木柴。众秀才受了奚落，但无以为辞，个个窘得面红耳赤。可穷秀才从容不迫地就地取材对道：

女子是好，隻隻雙（"只"的繁体字为"隻"，"双"的繁体字为"雙"）。

小姐见穷秀才的下联不但不以自己的出句介意，反而心怀善意，说"女子是好"，要成双，这不在试探我吗？小姐见他才学好，相貌也不凡，只是家境清贫，但她认为人才第一，家财才是第二。

想到此，就有意以终身相许，也就暗中示意回应。她又出一上联：

> 女家即嫁可可哥；

这上联的字合起来就是"嫁哥"。众秀才虽然都懂得这上联的含意，但无以为对。穷秀才欣喜地对上：

> 田力为男西女要。

穷秀才这下联的字合起来就是"男要"。

小姐见穷秀才此联明白无误地表示要娶她，便想和他单独谈谈，但当着众秀才不好办，需想办法打发他们走。她抬头环顾，看到庙里五百罗汉和观音大士，顿时醒悟，就以此为题出上联：

> 四维羅，夕夕多，观音请罗汉，主少客人多；（"罗"的繁体字为"羅"）

此联明写庙里罗汉和观音，主要的是暗示罗汉多、观音少，即男多女少——秀才有几个，她只能择善而从，看谁能对上。

众秀才听了，深会其意，但他们搜索枯肠，也没找到好的对子。穷秀才想起《西厢记》中张生和莺莺的爱情故事，顿有所悟，于是随即吟出下联：

> 弓长张，隻隻雙，张生求红娘，男单女成双。

此对句一出，小姐深为穷秀才的才思敏捷而赞叹。她想把全部深情倾注于穷秀才，但在众秀才面前，不便和他交谈，小姐便说：

　　两座"山"打揲，"出"；

穷秀才很快对上下联：

　　一双"人"靠木，"来"。（"来"的繁体"來"）。

　　这时外面雨已停了，小姐起身就往庙外走，穷秀才心领神会，当即尾随其后，其他秀才就不便再跟了。

　　小姐和穷秀才来到庙外，只见朗月当空，又觉清风徐来。他们来到池塘边，塘周围栽着许多竹子，风吹得竹叶沙沙作响。见景生情，小姐联兴越发大作，同时还想考考秀才，便以眼前之景为题，吟道：

　　竹影扫尘尘不动；

　　此句写实而通俗，但诗情画意甚浓。穷秀才听后，心中暗暗佩服小姐的才学，但以何为对？寻思间，偶见皎洁的月光映在塘中，清晰可见，当即吟出了下联：

　　月光穿水水无波。

　　小姐一听下联，满脸堆笑，称赞他对得好：名词对名词，动词对动词，更妙的是"穿"字形象准确，"无波"与"不动"相对，也很传神，写出了"竹影"、"月光"的特色，真是珠联璧合，相得益彰。不一会，他俩走到一座桥边。桥上刻着"清和桥"三个字。他俩正待上桥，突然身后有人喊道："二人且慢，夜深人静，一男一女同行,成何体统,莫不是私奔吧?"

两人回头一看,见是一位云游僧人,穷秀才便把邂逅相逢。联对相爱的经过告诉了他,说明并非私奔。

和尚一听,不大相信,要试他二人,于是指着"清和桥"三字说:"我们以这三字为题,一人吟一联,并要符合自己身份。你们若对得好,那我就与你们作伐,成全你们。"说完便道:

> 有水是"清",无水也是"青",去掉左边水,加"争"便是"静"。静静山门人人朝;

待他说完,穷秀才接着吟道:

> 有口是"和",无口也是"禾",去掉右边口,加"斗"便是"科"。科科秀才人人喜。

最后小姐说:

> 有木是"桥",无木也是"乔",去掉左边木,加"女"便成"娇"。娇娇女子人人爱。

和尚听完,便知两人所言是实,便亲自作伐,使他们结成美满夫妻。

隔墙对句结良缘

从前有个书生,因家境贫穷,中途辍学,到一富家去教书。一年多来,先生认真教,学生勤奋学,东家还算满意。

一天,先生给学生上对联课,出题为:

东阁冬梅,西窗夏竹;

学生们想了一会,有人首先对出:

南华秋水,北苑春山。

先生十分满意。东南西北,春夏秋冬,对得工整,情味调和。

突然,先生看见墙头一只猫在睡觉,即景出题:

　　猫睡墙头,风吹毛动猫不动;

　　学生寻思良久,竟无人对出。这时,忽从墙外传来女子清脆的声音,说道:"先生,我对出来了。"随后,隔墙念道:

　　莺立枝头,耳听音来莺未来。

　　这句联语,不但对得工整巧妙,而且情趣胜过上联。先生暗暗佩服,心中思忖:这位小姐是谁? 她怎么会隔墙属对?

　　原来,她是财主的小姐。在封建社会里,女子无才便是德,尽管财主请了教书先生,可闺阁小姐是不能读书的,何况来的先生又是青年英少,更有许多不便。谁知那小姐不顾家规,每天到学馆隔墙偷听先生讲学,她秉性聪明,又加上十分专心,一年多来学问长进很快。今天对对,显出了她的才学。

　　不料,这事被财主知道了,他顿时大发雷霆,先痛打女儿,再去衙门告先生调戏他家小姐。县官立即将教书先生传来审问。

　　先生被带到大堂,县太爷惊堂木一拍,喝道:"你既为人师表,怎能调戏良家女子?"先生开始不知情由,后来才知道是隔墙对句之事惹出的麻烦,心中很是委屈,便将经过一五一十地向县官禀报。县官一听对句,很觉新鲜,于是又传来小姐对质。小姐讲的经过和先生说的一样,县官听了,说道:"你们果真会对对子,那你们就当堂再对一联,对得好,老爷我赦你们无罪。不过对对子要贴切,要表白自己的心迹。"说罢,叫先生出上联。先生略一思索,即念道:

　　竹本无心,偏生一片枝节;

此句联语借物寓意,说明他本来无心,不想竟惹出这样的风波,就像那无心竹子一样,偏偏生出一片枝节。

下面由小姐对了。小姐心想:我虽和先生对对子,但我的心是纯洁的,略一思考,即对道:

　　藕虽有孔,未染半点污泥。

两人对完,县官不禁拍案叫绝,说道:"对得好!"再看那先生和小姐,心想:若使他们成为一对,也算是天作之合了。便分别询问他们的家世情况、生辰八字,尔后说道:"你二人各说无心,老爷我看都是有意。你二人郎才女貌,就判你们结为百年之好,老爷我做红娘,怎么样?"

教书先生和小姐听了,互相看看,竟不约而同地都点了点头。

县太爷又问财主,财主见事已如此,又有县太爷做媒,也连声应允。于是县太爷诗兴大发,随即又作了一联相赠。联曰:

　　竹无心,藕无泥,奇物巧逢,果贞果节;
　　男有品,女有德,良缘好合,可喜可嘉。

洞房对诗情更切

很久以前，李家村有个员外，妻子早亡，身边只有一个独生女儿。女儿自小聪明伶俐，能吟诗作对，员外爱如掌上明珠。及笄之年，小姐已颇有才名，她与父亲商量：贴出联对择婿榜文，爱才不爱财。考联为：

黑白相间，看去不分南北；

小姐此联的意思是：世上青年男子虽多，但鱼龙混杂，意中人难找。联题一出榜，几天来应试和看新奇的人不少，却无一人能对出来。

到了第五天，有个穷秀才路过李家村。他因家遭不幸，是一

路乞讨来此投亲的。看到这新鲜事,心想:我倒要领教一番。他拿起笔正要写时,忽然肚子饿得咕咕叫,便即景生情,对出下联:

青黄不接,走来讨点东西。

联语送到小姐手里,她又喜又憾。喜的是对联写得好,对得巧;憾的是一副讨饭腔。不过她觉得这秀才确有才学,自己既表白不计贫富,就不要自食其言。于是禀告父亲,请进秀才,让他沐浴更衣,当日便成了亲。

洞房花烛之夜,她还要对穷秀才的学问作进一步的测试。这时有只小花猫从窗边跳下,落在小姐脚边,她踢了它一下,就以此为题出联:

踢猫三寸足;

秀才对刚刚丢掉的讨饭棍尚有感情,便脱口而出:

打狗两尺鞭。

小姐心里一愣:啊,又是一副讨饭腔! 她于是改"地上"为"天上",另出一联:

云中唳白鹤;

小姐的心思,在细微表情中已被秀才察觉。他想:要我迎合你,不成! 今晚倒要看看富小姐对我穷秀才有无真心? 于是故意对道:

篮内盘青龙。

粗粗一听,"龙"倒不错,但仔细一想,糟糕! 这青龙是蛇的代称,蛇入篮中,又是叫花子呀! 李小姐心中好不烦恼,我要往高,他要落低,这事倒有点尴尬,不过今夜非叫你对出称心如意的对子不可。于是搜肠刮肚,又出了一副她认为无法对成乞丐的上联:

午朝门外,排两班文文武武;

然而这秀才思路敏捷,硬要"讨饭到底"。他略为思索,对出下联:

十字街头,叫一声爷爷奶奶。

这下,把李小姐惊呆了,差点笑了出来。少顷,她抬头见秀才在一边暗暗发笑,才明白他是故意如此。于是一把抓住秀才的袖子生气地说:"好呀! 原来你这样欺侮人,存心与我撑顶风船!"秀才笑道:"小姐,我并无此心。事出有因,既然小姐不嫌贫富,又何必再三再四考问我呢?"

一番话说得小姐无言以对,不过她十分喜欢秀才超人的才学。

婚后,两夫妻旨趣相投,感情融洽,转眼到了深秋。李小姐想起当时的情景,不觉又好气又好笑,就指着窗前石榴树有意出联道:

绽破石榴,红门中都是酸子;

秀才倒也不计较,顺手指着旁边一株银杏树答道:

剖开银杏,白衣里倒有大仁。

原来这是副语意双关的对联。李小姐借题发挥,取笑对方当时又穷又倔,是酸溜溜的黉(红门)秀才;而秀才则以银杏为例,说明自己虽是寒门(白衣)出身,却是个正直不阿的人。

李小姐想想这下联,比自己的要妙,剖析更为得当,确实是意中人的亲切写照,禁不住嫣然一笑。

馊饭半碗入深闺

从前，湖南省祁阳县城内，有一个书生，名叫黄瑞，号梨渊，是清朝雍正时的进士，当过知府，还在翰林院任过职。

据说此人年未弱冠，已才高八斗，学富五车，性情豪放，相貌堂堂。夫人李氏，亦精文笔。他同夫人的结合，很富戏剧性，人称"馊饭姻缘"。

雍正九年，黄瑞上京赴考，不料途中身上的财物旅费全被强人洗劫一空，只得乞讨上京。

一日，行至山野，迷途不知所向，忽见绿阴丛中有户人家，便上门求乞。到了门前，见朱门紧闭，敲门良久，不见动静，黄瑞已饥饿难当，疲乏不堪，不知不觉便在门前的石墩上睡着了。

这是一个李姓人家的别墅，此人曾经做过官，后来退隐于此,只生一女,才貌双全。这一天,小姐听有人叩门,开门观看,见黄瑞睡在门前,顿时起了恻隐之心,就盛了一碗冷饭放在他身旁。

黄瑞醒来,见身旁有一碗饭,顿时饥不择食,一"扫"而光,吃得屁嗝齐鸣。小姐从门缝中看他这副样子,觉得既可怜又可笑,在出来收拾碗筷时,发现黄瑞不像乞丐,倒有点像读书人的斯文样子,便顺口说了句:

吃馊饭,打饱嗝,挤出一筒臭屁;

黄瑞听了这句话,觉得她讥讽自己为一筒臭屁,很不高兴。抬头一看,见是一绝色女子,亭亭玉立于门前,便想:此女子出口伤人,我亦理应还击,遂高声答道:

入瑶池,卧玉阶,想折并蒂莲花。

小姐听了,觉得他对自己有意,出语虽伤了自己,但才气惊人,因而并无怒意,只含笑对视。黄瑞见此情景,就走上前去作自我介绍,望小姐见怜,借一席之地,权宿一宵,后当效韩信报漂母之恩。说完,一揖到地。

小姐觉得他有趣,笑着说:"你是不是读书人?我出个对子,你若对得出,留你;对不出,就是假冒斯文,不准你进屋。"

黄瑞请小姐出联。小姐看看他的个头长相,便笑道:

高矮子,想当新老爷,长吁短叹;

黄瑞见这个上联,用了"高矮""新老"、"长短"等词,分明带有轻蔑之意,心中虽然不快,但又想不出好对来。小姐一面笑着

催他快对,一面收拾碗筷。黄瑞见她就要离去,忽然触动了灵感,随即高声对道:

　　大小姐,恩赐热冷饭,明讽暗怜。

小姐见他对得不错,但还有点"不放心",又出对试之:

　　门内有才,虽闭户潜修,月月有朋门口问;

此联表面拆合"闭"、"朋"、"问"三个汉字,实则在夸耀自己是才女,虽闭户谢客,但还是常常有人聘问。要对好实在不易。黄瑞略经思考,就出口对上:

　　穴中固鸟,倘窎居远徙,山山飞出穴力穷。

这下句也是拆合"窎"(音吊,深远的意思)、"出"、"穷"三个汉字,表明自己高远的志向。

小姐又出对道:

　　李木子,梨木利,二木成林,年年可收子利;

黄瑞听了,暗想:她把她的姓(李)、自己的名(梨)都嵌入对联,后面两句联语意谓两人结合(二木成林),就能收子女之利(收子利)。这表白了女子的心意。黄瑞深深感到小姐的一番殷勤盛意,但自己此时功名未成,尚不想……就对道:

　　嵩山高,峄山卑,两山并出,人人能认高低。

姑娘听了,惊其才思敏捷,志向高远,真才子也！于是色容顿改,很有礼貌地说道:

请进兰房聊小憩;

黄瑞急忙感谢道:

愿入贵府作长谈。

小姐随即把黄瑞引入客厅,让座献茶。她觉得黄瑞不像平常客人,长叹一声道:

石压笋斜出;

黄瑞急忙应道:

岩悬花倒开。

小姐又道:

斜径败良田;

黄瑞又应道:

疾风急劲草。

小姐再以钟情之心责备黄瑞,说道:

走正路一条,只你甘心落后;

黄瑞离席而谢,答道:

看前程万里,唯我捷足登先。

答对到此,小姐更有意以终身相托,但又怕黄瑞不长进,遂吐露内心真情,叹道:

白衣难能招女婿;

黄瑞一听此言,知道小姐嫌自己无功名,难以成婚,就针锋相对表示自己的节气,于是说:

青衫尚可傲公侯。

小姐听了此对,深知黄瑞的抱负和志向远大,但又怕遇到薄情郎,于是思之良久,很担心地说道:

鸳鸯戏水,怕海枯石烂;

黄瑞听了,知道小姐有怕自己变心的忧虑,也就明确地表态说:

比翼舞空,誓地厚天高。

小姐听到黄瑞的盟誓对,很是高兴,她慎重地说道:"君子高才,愿托终身,如不以轻薄见弃,请入深闺,我还有话相告。"

　　黄瑞离席而谢，真诚地说道："小生才疏学浅，蒙小姐青睐，敢不从命？愿相敬如宾，百年偕老。"于是山盟海誓，以示其心不变。

　　小姐于是把黄瑞带进内室，打来一盆清水给他洗脸，又不忘戏曰：

　　　　清水一盆洗厚脸；

　　黄瑞亦戏答：

　　　　馊饭半碗入深闺。

　　对完这一联，两人相视而笑，遂订了终身。

　　次日，小姐资助黄瑞上京路费，且依依不舍地送行。后来，黄瑞果然中了进士，入翰林院，奉旨完婚。他们婚后的生活，恩爱美满，非同寻常。

清风明月我为东

明朝江南才子之一的周文宾,久闻居家附近的员外有一小姐,才貌双全,便朝思暮想,意欲与之结为秦晋之好,但总是无缘相见。为此,他心中甚为不安。

周文宾的好友文徵明知道了此事,便鼓励他说:"那小姐大门不出,二门不迈,你这样等下去,要等到何年何月?托人说媒,你又家贫无力,况那员外也不会应允。为今之计,你只有溜入后宅,当面见那小姐,那小姐若真有才学,必不会嫌贫爱富;如果恼怒翻脸,你只说坠入后宅,谅也不会将你怎样。"

周文宾无计可施,只好决定贸然一试。他来到员外的后花园,正好遇见小姐在那里赏花。见面一谈,小姐方知来人是大名鼎鼎的才子周文宾,不觉心中暗喜。但爱慕之情羞于表达,同时为掩饰面子,便假装生气道:"何处呆人,来此后花园作甚?莫非想……还不快出去,小心……"

周文宾知道这是"王八敬神——假正经",便向前施礼道:"小姐休要见怪生气,武陵人,偶来桃林,见此间'芳草鲜美,落英缤纷',真乃奇遇,欲赏景探花,并无他意。"同时吟出一联似探似逗。这联语是:

> 武陵渔叟,无意偏进桃源;

小姐一听,这是引陶渊明的《桃花源记》的典故来自白,且有弦外之音,小姐也就将计就计表白心曲。她的下联是:

> 西蜀文君,有缘得见相如。

周文宾一听小姐的下联,喜出望外,心想:小姐把她自己比作卓文君,把我比作司马相如。司马相如与卓文君的爱情故事千古流传,今天小姐把它纳入联语作比,不是对我有意吗?

正当他们诗来对往之时,丫鬟用果盘端着酒菜来了。原来今天小姐是来茶园饮酒赏花的。周文宾遇上这样的赏心乐事,真是幸会呀!于是他就以此为题出一上联:

> 沽酒客来风亦醉;

此上联出语典雅,诗情画意浓郁,甚富韵味。小姐听后很欣喜,非常赞赏周文宾的才华。经过一番构思和推敲,小姐念出下联。周文宾顿觉小姐大有才学,令他非常叹服。小姐的下联是:

> 卖花人去路还香。

这时丫鬟摆上酒菜,他俩边饮酒边谈今论古。周文宾讲《西厢记》中莺莺小姐的幽会诗"待月西厢下,迎风户半开。月移花影动,疑是玉人来"的情趣;小姐谈司马相如琴挑卓文君的风流韵事。他俩谈对之间,不觉日已过午。小姐随口吟道:

日移竹影侵棋案;

周文宾很快对出:

风送花香入酒樽。

经过几番属对,小姐对周文宾的才华非常欣赏。她爱才胜过爱财,想进一步向周文宾表示爱慕和以身相许之情。正思量间,忽然从假山旁边跑来一只驯养的梅花鹿,她即景生情吟道:

假山真鹿来;

周文宾见此联话中有话,便左右环顾,寻找题材,忽见池塘里的鱼在悠游,便对道:

死水活鱼游。

小姐一听,知道周文宾领会了自己的意思,愈发觉得他才思敏捷,对答如流,心中更加喜欢。周文宾也觉得这是水到渠成的时候了,应主动向小姐求婚,于是吟了一上联:

绿水青山谁作主?

意谓将来谁作我家女主人？这是明知故问，让小姐表态作答。小姐更是心领神会，她本来就是要周文宾这样明确求亲的，现在一听他求凰之鸣声，便欣然以和：

清风明月我为东。

从此，两人琴瑟和鸣，双双宴游凤台，只差乘龙乘凤升仙了。

少游对诗入洞房

　　北宋大文学家苏东坡的一家,可谓书香门第。父子三人合称"三苏",才名赫赫,誉满朝野。

　　苏东坡的妹妹,苏小妹,也是个才华出众、相貌端丽的女子。因她名扬京都,且风华正茂,许多人都希望得到她的爱情,所以不少名门富户,纷纷托媒前来求婚。

　　有个姓秦名观字少游的秀才,腹饱万言,才调高绝。他平生只敬服苏家父子,余下全不在意。他听得苏小妹正筹婚偶,便从扬州赶来京城。他不相信一个闺中女子真有传说中那么高的才华,想找个机会亲自试一试。恰好探知苏小妹将到庙里敬香,就装扮成一个游方道人,等候苏小妹的到来。

　　苏小妹一下轿子,秦观就急忙跟上去,装作向她化缘,说出了一联：

　　小姐有福有寿，愿发慈悲？

　　苏小妹见这个年轻道人向他化缘，停步想给他一点施舍。但细看他言行，觉得有点可疑，于是改变了主意，边向大殿走去，边应道：

　　道人何德何能，敢求布施？

　　秦观一听，对得不错。但他毫不放松，又追在后面再出一联：

　　愿小姐身如药树，百病不生；

　　苏小妹不屑回顾这个尾随而来的秦观，边走边回答：

　　随道人口吐莲花，半文不舍。

　　这是秦观与苏小妹第一次见面。他见她长得秀丽清雅，举止潇洒大方；刚才的两副对联对得又如此工整，心中顿生爱慕之情。

　　当苏小妹上完香，准备上轿回家时，秦观急忙上前说道：

　　小娘子一天欢喜，如何撒手宝山？

　　苏小妹越来越觉得这个道人不是正经人，心中有些厌烦，一面进轿子，一面应道：

疯道人恁地贪痴,哪得随身金穴!

经过再次接触,秦观决意向苏小妹求婚。

向苏家求婚的人真多。有显贵富户家的纨绔子弟,也有才名远播的风流人士。苏洵为了让女儿选中真正的才郎,要求前来求婚者写一篇文章来,转给小妹批阅。从批阅过的文章中,苏洵发现女儿对秦观的文章特别中意,她的评价是:"不与三苏同时,当是横行一世。"于是应允了秦观的求婚。

因秦观在京应试,苏洵决定把婚事办在苏家。

新婚之日,小妹才知道秦观就是那天在庙里向她化缘的道人,心里决定给他一个小小的报复。

洞房之夜,小妹命丫环将秦观关在门外,给他出了三道试题,不做出来,不准新郎进入洞房。其中第三道是对对联,苏小妹出的上联是:

闭门推出窗前月;

前两道题,秦观很轻易地过了关,唯独被这对联难住了!从初夜到午夜,搜肠刮肚还是对不出下联来。

苏东坡见秦观独自一人在庭院当中团团打转,口中不断吟着什么"闭门推出窗前月"的句子,猜测是妹妹给他出了难题。

苏东坡想为妹夫帮忙,又怕他难为情,因此等秦观转到一口贮满清水的花缸跟前,正准备倚缸看水时,苏东坡暗中捡起一个小小石子,投进缸中。缸水中映着天光月影顿时散乱,秦观一见,受到启发,创作灵感油然而生。他急忙转身进门,写出了下联:

投石冲破水底天。

三道试题到此完成。小妹开了房门，迎接秦观入洞房，还向他献上美酒一杯；又吟联半副：

微笑吹灯双得意；

秦观听出，马上接上去：

含羞解带二痴情。

小两口这才安安稳稳地歇息了。

鸣　　冤

冤而善, 没有比这样的命运更让
人同情、让人落泪、让人顿足的了。

尼姑巧对获释

从前有座尼姑庵，庵内有个年轻漂亮的尼姑叫秀姑。

县太爷听说秀姑美若天仙，就想娶她为妻，但遭到秀姑拒绝。县太爷恼羞成怒，便下令："不准秀姑与男子说话、往来。"

一天，秀姑出去提水，看见一个喝醉酒的男子跌在庵门口，急忙把他搀进自己卧房，让他躺在自己床上，给他打水洗脸，泡茶醒酒。

"暗哨"赶忙报告知县。

知县一听，暴跳如雷，急忙下令："快！把她给我抓来！"

不多时，秀姑被带到公堂。她双手合十，问知县："贫尼何罪，被解押到公堂来？"

知县一拍惊堂木："我问你，那醉汉是什么人，你竟把他放到你的房中？如此伤风败俗，还不知罪吗？"

秀姑从容不迫地念了一副对联：

> 醉汉妻弟尼姑舅；
> 尼姑舅姐醉汉妻。

县太爷算了半天，突然醒悟道："放她回去！退堂！"

原来那醉汉是尼姑的父亲。

免打四十大板

　　曹宗善于对对联，他的名气也因此越来越大，许多人有事都来向他求助。

　　一个打更的更夫，有一天喝醉了酒，在更楼打鼓时，糊里糊涂地在东门打了三更，在西门报了四更，出了大差错。这件事让管理此城的监吏知道了。这个监吏很厉害，马上传讯更夫，要处罚他，更夫跪在地上再三求饶。

　　那个监吏看着更夫，心里也觉得这更夫又可气又可怜，于是就想出了一个主意，对更夫说："我出一个上联，你如果能对上，就饶你一次，如果对不上，就打你四十大板。"说着，道出上联：

　　东楼三，西楼四，更鼓朦胧，朦胧更鼓；

那更夫虽然也认得几个字,但可不是作对联的材料,他想了半天也对不上,就请求回家想想看再对,监吏答应了。

更夫想起了曹宗,就偷偷地溜到曹宗家求教。这时,曹宗正在浴池洗澡,更夫满头大汗闯进来,说明了来意,曹宗一边搓着后背,一边琢磨着对联,思考了一会儿,他对更夫说:

南斗六,北斗七,诸星灿烂,灿烂诸星。

更夫听完,马上跑着告诉了监吏,监吏一听,对得不错,就免打了更夫四十大板。

吟诗死囚回生

　　明朝景泰二年冬天,右金都御史韩雍巡视江西。正当他视察南昌死囚牢房时,外边下起鹅毛大雪,他即景吟出:

　　　水上冻冰,冰积雪,雪上加霜;

　　吟罢,自己竟然对不出下联。这时,他看见一个囚犯伤心地直哭,就问:"你为何落泪?"

　　囚犯说:"大人所说的'水、冰、雪、霜',实为死囚处境,我听后不觉伤心了。"

　　韩雍觉得此人谈吐不俗,便又问道:"你莫非有求生之心?"

　　囚犯拱手吟道:

空中腾雾，雾积云，云开见日。

韩雍听了，高兴地称赞："天才！天才！"他调来死囚案卷，发现此人是南昌才子，因为揭发府官贪赃受到报复，被诬为谋反而被判处死刑。

韩雍主持公道，为他平了反，并严惩了南昌知府。

板桥断案怜才

　　清朝时,有个富家,请了一位家庭教师,双方商定,教一年书,主人付酬金八吊钱。可是,老先生辛辛苦苦地教了一年,主人竟分文不给,把老先生给辞退了。老先生回家后越想越气,便到县衙告了富家一状。

　　当时,县令是著名画家郑板桥。他听了老先生的申诉后说:"我今天要当场考考你,看看你的学问如何。"老先生表示愿意。郑板桥随手指着堂上挂的灯笼说:"就以这个灯笼为题,我出一上联,你对下联。"说着,他念出了上联:

　　　四面灯,单层纸,辉辉煌煌,照遍东西南北;

老先生听了,稍思片刻,即答出了下联:

一年学,八吊钱,辛辛苦苦,历尽春夏秋冬。

郑板桥听了立即断定不是老先生"才疏学浅"、"误人子弟",而是富家仗势欺人,克扣酬金,当即下令把被告富家传来,判定他如数支付八吊酬金。郑板桥还把那位老先生留在身边当差。

包公智判奇案

　　包拯在一次私访中，遇到一个奇案。

　　有对夫妇，只有一个儿子，娶了个儿媳。新婚之夜，新娘对新郎说："我出个下联，你来对出上联，对不出不准入洞房。"说完，念道：

　　　点灯登阁各攻书；

　　新郎苦苦思索，怎么也对不出，便赌气到学堂去了。

　　第二天，新娘见丈夫闷闷不乐，便问："为何发愁？"新郎说："还没对上你的上联呢。"新娘说："昨夜，你不是对上了吗？"新郎说："昨夜我没回家，怎么对上了呢？"新娘一听，知道已被人骗奸,不堪羞辱,上吊死了。

新娘一死,新郎被捉拿入狱。文弱书生经不起糊涂官的严刑拷打,被迫招供,判处死刑,秋后就要问斩。老夫人一气之下,也投河自尽了。

包公听了这个奇案,也很难过,暗想,是谁造成新娘冤死的呢?要破此案,必先对出上联来。夜深人静,包公叫随员搬张太师椅,倚在梧桐树旁,对月静思。想着想着,包公高兴地笑了:有了!这个答对正是:

移椅倚桐同赏月。

上联对了出来,破案的办法也就有了。

第二天天亮时,包公到县衙,令人张榜:欲在本地招选一些有才之士,带进京城做官,考题是能对出"点灯登阁各攻书"的上联来。

榜贴出去不久,来了个书生,揭了榜,然后拜见包公,说:"小生愿随大人进京!"包公说:"你能对出那个对联吗?"书生沉思片刻,说:"能对出,那个'书'字是平声,应是个下联,它的上联末一个字应是仄声,可以对作:'移椅倚桐同赏月。'"包公一听,冷笑一声,惊堂木一拍:"快给我拿下!"书生惊魂未定,便被捆绑起来。他吓得连喊:"冤枉!"

包公厉声道:"冤枉什么?你居心不良,趁夜间淫人妻子,害死两条人命,你还冤枉?左右,掌刑!"书生一听事情败露,吓得魂不附体,当即跪下求饶:"小人愿招。"书生招供说:"那日,新郎到学堂说:'新娘出的对子没答上,就宿在学堂了'。我趁夜晚潜入新郎家,对上上联,新娘子不辨真假,同入洞房。"

包公当堂叫罪犯画供,立即把他打入死牢,并把误押的新郎放了出来。